Histoire de la Nouvelle France

Marc Lescarbot

Édition et mise en page : Culturea (Hérault, 34)
Retrouvez notre catalogue sur http://culturea.fr/
Contact : infos@culturea.fr
Imprimé en Allemagne par Books on Demand Gmbh
Design typographique et layout : Derek Murphy et Reedsy
ISBN : 9791041997954
Date de parution : Avril 2024

HISTOIRE DE LA NOUVELLE FRANCE

Contenant les navigations, découvertes, & habitations faites par les François és Indes Occidentales & Nouvelle-France souz l'avœu & authorité de nos Roys Tres-Chrétiens, et les diverses fortunes d'iceux en l'execution de ces choses depuis cent ans jusques à hui.

En quoi est comprise l'Histoire Morale, Naturelle & Geographique de ladite province : Avec les Tables & Figures d'icelle.

Par MARC LESCARBOT Advocat en Parlemens
Témoin oculaire d'une partie des choses ici récitées.
Multa renascentur quae iam cecidere candéntque.

PRÉFACE

LE proverbe ancien est bien veritable, que les Dieux nos vendent toutes choses par labeur. Ceci se reconoit par experience ordinaire en plusieurs choses, mais particulièrement au fait duquel nos avons à parler : auquel donne sujet par ses incomparables vertus le sieur de Poutrincourt, de qui les labeurs plus que Herculeans ont dés ja long temps, mérité une bien ample fortune, et y eust donné attainte au temps de nos troubles derniers, s'ils n'eust esté trop entier à maintenir le party qu'il avoit embrassé. Car le Roy le tenant en personne assiegé dans le chateau de Beaumont lui voulut donner le Comté dudit leur pour se rendre à son service. Ce qu'ayant refusé, il le fit toutefois peu apres gratuitement voyant sa Majesté redut à l'Église Catholique Romaine. Vray est que nostre feu ROY HENRI le Grand l'avoit obligé en une chose, d'est d'avoir rendu par sa bouche ce témoignage de lui, qu'il estoit un des plus hommes de bien, et des plus valeureux de son royaume. Suivant quoy aussi apres noz guerres passées, lui qui naturellement est porté aux entreprises difficiles, fuyant la vie oisive, aurait recherché l'occasion de faire plus que devant paroitre son courage, honorer son Prince, et illustrer sa patrie. Ce qu'il auroit fait par la rencontre du sieur de Monts, lequel en l'an 1603, entreprenoit le voyage de la France Nouvelle et Occidentale d'outre-mer, avec lequel il se joignit pour y reconoistre une terre propre à habiter et y rendre service à Dieu et au Roy. A quoy il a depuis travaillé continuellement et eust desja beaucoup avancé l'œuvre, si sa facilité ne se fust trop fiée à des hommes trompeurs, qui lui ont fait perdre son temps et son argent.

Voire encore estant Gentilhomme indomtable à la fatigue, et sans craintes aux hazars, il se pourroit promettre un assez prompt avancement de son entreprise s'il n'estoit troublé par l'avarice de ceux qui lui enlevent la graisse de sa terre sans y faire habitations, et avides des Castors de ce païs là y vont exprés pour ce sujet, et ont fait à l'envi l'un de l'autre que chacune peau de Castor (qui est le traffic le plus present de ces terres) vaut icy aujourd'hui dix livres, que se pourroit bailler pour la moitié, si le commerce d'icelles estoit permis à un seul. Et au moyen de ce pourroit prendre fondement la Religion Chrestienne pardela ; comme certes elle y aurait esté fort avancée, se telle chose eust esté faite. Et la consideration de la Religion et de l'establissement d'un païs dont la France peut tirer du profit et de la gloire, merite bien que ceux qui l'habitent jouissent pleinement et entièrement des fruits qui en proviennent, puis que nul ne contribuë à ce dessein pour le soulagement des entrepreneurs, lesquels au peril de leurs vies et de leurs moyens ont découvert par dela tant t les orées maritimes, que le profond des terres, où jamais aucun Chrétien n'avoit esté. Il y a une autre considération que je ne veux mettre par écrit, et que laquelle seule doit faire accorder ce que dessus à ceux que se presentent et offrent pour habiter et defendre la province, voire pour donner du secours à toute la France de deça. C'a esté une plainte faite de tout temps, que les considérations particulieres ont ruiné les affaires du general. Ainsi est-il à craindre qu'il n'en avienne en l'affaire des Terres-neuves, si nous la negligeons, et si l'on ne soustient ceux qui d'une resolution immuable s'exposent pour le bien, l'honneur, et la gloire de la France, et pour l'exaltation du nom de Dieu, et de son Eglise.

Voyage en la Terre-neuve.

J'ay rapporté en mon histoire de la Nouvelle France ce qui est des deux premiers voyages faits outre mer par le sieur de Poutrincourt. Ici j'ay à écrire ce qui s'est ensuivi és voyages subsequens. Depuis quelques années une succession lui est echeuë à cause de Dame Jehanne de Salazar sa mere, qui est la Baronne de Sainct Just en Champagne. Les rivieres de Seine et d'Aulbe rendent le lieu de cette Baronnie autant agréable, que fort et avantageux à la defense. Là, au commencement de Février, mil six cens dix il fit partie de son équippage, y ayant chargé un bateau de meubles, vibres, et munitions de guerre, voire tellement chargé qu'il n'y restoit que deux doigts de bord hors de l'eau. Cependant la riviere estoit enflée et ne se pouvoit plus tenir en son lict à cause des longues pluies hivernales. Les flots le menaçoient souvent, les perils y estoient presens, mesmement : és passages de Nogent, Corbeil, Sainct Clou, Ecorche-veau, et autres où des bateaus perirent à sa veuë, sans qu'il fust aucunement emeu d'apprehension. En fin il parvint à Dieppe, et apres quelque sejour il se mit en mer le 26, dudit mois de Février. Plusieurs en cette ville là benissoient son voyage, et prioient Dieu pour la prosperité d'icelui. La saison estoit rude, et les vents le plus souvent contraires. Mais on peut bien appeller un voyage heureux, quand enfin on arrive à bon port. Ils ne furent gueres loin qu'ils rencontrerent vers le Casquet un navire de Forbans, et lesquels voyans ledit Sieur et ses gens bien résolus de se defendre si on les attaquoit, passerent outre. Le 6 de Mars ils rencontrerent unze navires Flamens, et se saluerent l'un l'autre de chacun un coup de canon. Depuis le 8 jusques au 15, il y eut tempéte, durant laquelle une vois ledit Sieur estant couché à la poupe, fut porté de son lict par dessus la table au lict de son fils. Ce mauvais temps les fit chercher leur route plus Sud, et virent deux iles des Essores, Corbes, et Flore, là où ils eurent le rafraichissement de quelques Marsoins qu'ils prindrent.

Et comme l'on dit que de la guerre vient la paix ; Ainsi apres ces tourmentes ils eurent des calmes jusques au jour de Pasques Fleuries plus facheux que les tourmentes : car quoy qu'on sit en repos, il n'y a pourtant sujet de contentement car les vivres se mangent, et la saison de bien faire se passe : bref un grand calme est fort mauvais sur la mer. Mais cela n'est point perpetuel : et quelquefois (selon l'inconstance d'Eole) apres le calme suit un vent favorable, tantost une tempéte, comme il survint un peu apres (sçavoir le lendemain de Pasques) laquelle fit faire eau à la soute, qui est le magazin du pain, ou biscuit. Occasion que le Charpentier du navire voulant aller remedier au mal avenu, d'autant qu'en faisant ce qui est de son art il troubloit les prieres publique qui se faisoient du matin, ledit Sieur lui commanda de besogner par le dehors, là où estant allé il trouva le Gouvernail rompu (chose dangereuse) lequel voulant aller racoutrer ;

comme il estoit à sa besogne, il tomba de son echaffaut dedans la mer. Et bien vint que le temps s'estoit ammoderé : car autrement c'estoit un homme perdu. Mais il fut garenti par la diligence des matelost, qui lui tendirent une corde, par laquelle il se sauva.

Le 11 de May la sonde fut jettée, et se trouva fond à 80 brasses, indice que l'on estoit sur le Banc des Moruës. Là ils s'arrèterent pour avoir le rafraichissement de la pecherie soit des poissons, soit des oiseaux qui sont abondamment sur le dit Banc, ainsi que j'ay amplement décrit en madite Histoire de la Nouvelle France. Le Banc passé, apres avoir soutenu plusieurs vents contraires, enfin ils terrirent vers Pemptoget (qui est l'endroit que noz Geographes marquent soubs le nom de Norombega) et fit dire la Messe ledit Sieur en une Isle qu'il nomma de l'Ascension, pour y estre arrivé ce jour-là.

De ce lieu ils vindrent à Sainte Croix premiere habitation de nos François en dette côte, là où ledit Sieur fit faire des prieres pour les trespassez qui y estoient enterrez dès le premier voyage du sieur des Monts en l'an 1603 et furent au haut de la riviere dudit lieu de Sainte Croix, où ils trouverent telle quantité de Harens à chaque marée, qu'il y en avoit pour nourrir toute une grosse ville. En autres saisons il y vient d'autres poissons. Mais lors c'estoit le tour aux Harens. Là mesme il y a des arbres d'inestimable beauté en hauteur et grosseur. Sur cette méme côte, devant qu'arriver au Port Royal ils virent les ceremonies funebres d'un corps mort decedé en la terre des Etechemins. Le defunct estoit couché sur un ais appuyé de quatre fourches, et fut couvert de peaux. Le lendemain arrive là grande assemblée d'homme, lesquels danserent à leur mode alentour du decedé. Un des anciens tenoit un long baton, où il y avoit pendues trois tétes de leurs ennemis ; D'autres avoient d'autres marques de leurs victoires : et en cet etat chanterent et danserent deux ou trois heures, disans les louanges du mort au lieu du Libera que disent les Chrétiens. Apres chacun lui fit don de quelque chose, comme des peaux, chaudieres, pois, haches, couteaux, fleches, Matachiaz et autres hardes. Toutes lesquelles ceremonies achevées, on le porta en sepulture en une ile à l'écart loin de la terre ferme. Et au partir de là tira ledit Sieur au Port Royal lieu de son habitation.

RELIGION

Le sieur de Poutrincourt n'eut à-peine pris haleine apres tant de travaux, qu'il envoya chercher Membertou premier et plus ancien Capitaine de cette contrée, pour lui rafrechir la memoire de quelques enseignemens de la Religion Chrétienne que nous lui avions autrefois donné, et l'instruire plus amplement és choses qui concernent le salut de l'ame, afin que cetui-ci reduit, plusieurs autres à son exemple fissent de méme. Comme de fait il arriva. Car apres avoir esté catechizé, et les siens avec lui, par quelque temps, il fut baptizé, et vingt autres de la troupe, le jour sainct Jehan Baptiste 1610, les noms desquels j'ay enrollé en mon Histoire du la Nouvelle France selon qu'ils sont écrits au registre des baptémes de l'Eglise metropolitaine de dela, qui est au Port Royal. Le Pasteur que fit ce chef d'oeuvre fut Messire Jesse Fleuche natif de Lantage, diocese de Langres, homme de bonnes lettres, lequel avoit pris sa mission de Monsieur le Nonce du Sainct Pere Evesque de Rome, qui estoit pour lors, et est encore à Paris. Non qu'un Evéque François ne l'eust peu faire : mais ayant fait ce choix, je croy que ladite mission est aussi bonne de lui (qui est Evéque) que d'un autre, encore qu'il soit étranger. Toutefois j'en laisse la considération à ceux qui y ont plus d'intérest que moy, estant chose qui se peut disputer d'une part et d'autre, parce qu'il n'est pas ici en son diocese. Ledit Seigneur Nonce, dit Robert Ubaldin, lui bailla permission d'ouir par dela les confessions de toutes personnes, et les absoudre de tous pechés et crimes non reservés expressement au siege Apostolique : et leur enjoindre des penitences selon la qualité du peché. En outre lui donna pouvoir de consacrer et benir des chasubles et autres vétemens sacerdotaux, et de paremens d'autels, excepté des Corporaliers, Calices, et Paténes.

C'est ainsi que je l'ay leu sur les lettres de ce octroyées audit Fleuche premier Patriarche de ces terres là. Je di patriarche, par ce que communement on l'appelloit ainsi : et ce mot l'a deu semondre à mener une vie pleine d'integrité et d'innocence, comme je croy qu'il a fait. Or ces baptizailles ne furent sans solennités. Car Membertou (et consequemment les autres) avant qu'estre introduits en l'Eglise de Dieu, fit une reconnoissance de toute sa vie passée, confessa ses pechés, et renonça au diable, auquel il avoit servi. Là dessus chacun chanta le Te Deum de bon courage, et furent les canons tirés avec grand plaisir, à cause des Echoz qui durent audit Port Royal, prés d'un quart d'heure. C'est une grande grace que Dieu a fait à cet homme d'avoir receu le don de la Foy, et de la lumiere Evangelique, en l'âge où il est parvenu, qui est à mon avis de cent dix ans ou plus. Il fut nommé HENRI du nom nostre feu Roy HENRI le Grand. D'autres furent nommez des noms du sainct Pere le Pape de Rome de la Royne, et Messeigneurs et Dames ses enfans, de Monsieur le Nonce, et autres signalez personnages de deça, lesquels on print pour parrins, comme je l'ay écrit en madite Histoire. Mais je ne voy point que ces parrins se soient souvenus de leurs filieuls, ni qu'ils leur ayent envoyé aucune chose pour les sustenter, ayder, et encourager à demeurer fermes en la Religion qu'ils ont receuë. Car pour du pain on leur fera croire ce que l'on voudra, et peu à peu leur terre estant cultivée les nourrira. Mais il les faut ayder du commencement. Ce qu'a fait le sieur de Poutrincourt tant qu'il a peu, voire outrepassant son pouvoir il en a jeusné par apres, comme nous dirons ailleurs.

Retour en France.

Trois semaines apres l'arrivée dudit Sieur en sa terre du Port Royal, il avisa de renvoyer en France le Baron de sainct Just son fils ainé, jeune Gentilhomme fort experimenté à la marine, et lequel à cette occasion Monsieur l'Admiral a honoré du tiltre de Vice-Admiral en la mer du Ponant és côtes de dela. Car ayant à nourrir beaucoup d'hommes au moins l'espace d'un an et plus, attendant une cueillette de blez, il estoit besoin d'une nouvelle charge de vivres et marchandises propres au commun usage tant de lui et des siens, que des Sauvages. Il le fit donc partir le 8 Juillet, lui enjoignant d'estre de retour dans quatre mois, et le conduisit dans une Pinasse, ou grande chalouppe environ cent lieuës loin. En cette saison on a beau pire le long de la côte. Car il y a des iles en grand nombre vers le Cap Fourchu, et le Cap de Sable si pleines d'oiseaux, qu'il ne faut qu'assommer et charger, et avec ce le poisson y foisonne en telle sorte, qu'il ne faut que jetter la ligne en mer et la retirer. La contrarieté du vent les ayant plusieurs fois contraint de mouiller l'ancre parmi ces iles, leur fit faire epreuve de ce que je di. Ainsi ledit de sainct Just s'en alla rengeant la terre l'espace de deux cens lieuës, jusques à ce qu'il eut passé l'ile de Sable, ile dangereuse pour estre basse et sans port asseuré, sise à vingt lieuës de la terre ferme vis à vis la terre de Bacaillos. Le 28 Juillet il estoit sur le Banc aux Moruës, là où il se rafraichit de vivres, et rencontra plusieurs navires de noz havres de France et un Anglois, d'où il eut la premiere nouvelle de la mort de nôtre grand Roy HENRI. Ce qui le troubla et sa compagnie, tant pour l'accident si funeste de cette mort, que de crainte qu'il n'y eust du trouble pardeça. Le Dimanche premier jour d'Aoust ils quitterent ledit Banc, le 20 eurent la vuë de la terre de France, et le 21 entrerent dans le port de Dieppe.

Avancement de la Religion.

Comme le sieur de Poutrincourt suivoit la côte conduisant son fils sur le retour, il trouva quelques Sauvages de conoissance en une ile, où ils s'estoient cabannez, faisans pècherie : lesquels ayant abordé, ils en furent tout joyeux : Et aprés quelques propos tenus de Membertou, et des autres, et de ce qui s'estoit passé en leurs baptizailles, il leur demanda s'ils vouloient point estre comme luy, et croire en Dieu pour estre aussi baptizés ; A quoi ils s'accorderent apres avoir esté instruits. Et là dessus il les envoya au Port Royal pour estre plus à loisir confirmés en la Foy et doctrine Evangelique : là où estans ils furent baptizées. Cependant le dit Sieur poursuivoit sa route allant toujours avant le long de la côte, tant qu'il vint au Cap de la Héve, environ lequel endroit il laissa aller à la garde de Dieu ledit sieur de sainct Just son fils, et virant le cap en arriere cingla vers la riviere dudit lieu de la Héve, que est un port large de plus deux lieuës et long de six, cuidant y trouver un Capitaine dés long temps appellé Martin par noz François. Mais il s'es estoit retiré, à cause de quelque mortalité là survenuë par des maladies dysenteriaques. Depuis, ledit Martin ayant entendu que ledit Sieur lui avoit fait tant d'honneur que de l'aller chercher, il le suivit à la piste avec trente-cinq ou 40 hommes, et le vint trouver vers le Cap de Sable pour le remercier d'une telle visite. Ledit Sieur homme accort et benin le receut humainement, encores qu'auparavant en l'an 1607 il y eust eu quelque colere contre lui, sur ce que passant icelui Sieur par ledit lieu de la Héve foible de gens et se voyant environné de trois chaloupes de Sauvages pleines de peuple, il les fit ranger toutes d'un côté. Sur quoy ledit Martin ayant dit qu'il avoit donc peur d'eux, il fut en danger de voir par effet que sa conclusion estoit fausse. A cette dernière rencontre ledit Martin fut caressé et invité à se faire Chrétien, comme Membertou, et plusieurs autres : et s'en aller au Port Royal pour y recevoir plus ample instruction.

Ce qu'il promit faire avec sa troupe. Et d'autant que les Sauvages ne vont jamais voir leurs amis les mains vuides, il alla à la chasse, afin de porter de la venaison audit lieu : et cependant ledit Sieur s'avance et va devant pour les y attendre. Mais étant environ le Cap Fourchu, le voila porté d'un vent de terre droit à la mer, et ce si avant, qu'il fut six jours sans aucune provision de vivres (que de quelques oiseaux pris és iles, qu'il avoit de reste) et sans autre eau douce que celle qui se recuilloit quelquefois dans les voiles : Bref sans rien voir que le ciel et eau ; et s'il n'eust eu une petite boussolle il estoit en danger d'estre porté à la côte de la Floride par la violence des vents, des tempêtes, et des vagues. En fin par son industrie et jugement il vint terrir ver l'ile sainte Croix, là où Oagimont Capitaine dudit lieu lui apporta des galettes de biscuit qu'il avait troquées avec noz François. Et de là estant en lieu de conoissance il traversa la baye Françoise large en cet endroit de vingt lieuës, et vint au Port Royal cinq semaines apres sa departie où il trouva des gens bien etonnés pour sa longue absence, et qui desja pourpensoient un changement qui ne pouvoit estre que funeste. C'est ainsi qu'au peril de sa vie, avec des fatigues et souffrances incroyables il va chercher des brebis egarées pour les amener à la bergerie de Jesus-Christ, et accroitre le Royaume celeste. Que si la conversion de ces peuples ne se fait par milliers, il faut penser que nul Prince ou Seigneur n'a jusques ici assisté ledit sieur de Poutrincourt, auquel méme les avares vont ravir ce qui est de la province, et sa bonté souffre cela, pour ne faire rien qui puisse aigrir les grands de deça, encores que le Roy luy ayant donné la terre il puisse justement empecher qu'on ne lui enleve les fruits d'icelle, et qu'on n'entre dans ses ports, et qu'on ne lui coupe ses bois.

Quand il aura de plus amples moyens il pourra envoyer des hommes aux terres plus peuplées où il faut aller fort, et faire une grande moisson pour l'amplification de l'Eglise. Mais il faut premierement batir la Republique, sans laquelle l'Eglise ne peut estre. Et pour ce le premier secours doit estre à cette Republique, et non à ce qui a le pretexte de pieté. Car cette Republique estant établie, ce sera à elle à pourvoir à ce qui regarde le spirituel. Retournons au Port Royal. Là ledit Sieur arrivé trouva Martin et ses gens baptizés, et tous portés d'un grand zele à la Religion Chrétienne, oyans fort devotement le service divin, lequel estoit ordinairement chanté en Musique de la composition dudit Sieur.

Ce zele s'est reconu non seulement aux neophytes Chrétiens, comme nous particulariserons cy-apres ; mais aussi en ceux qui n'estoient point encore initiés aux sacrez mysteres de nôtre Religion. Car lors que ledit Martin fut baptizé, il y en eut un tout décharné, n'ayant plus que les os, lequel n'ayant esté en la compagnie des autres, se porta, à toute peine, en trois cabanes cherchant ledit Fleuche Patriarche pour estre instruit et baptizé.

Un autre demeurant en la baye saincte Marie à plus de douze lieuës du Port Royal, se trouvant malade, envoya en diligence faire sçavoir audit Patriarche qu'il estoit detenu de maladie, et craignant de mourir, qu'il desiroit estre baptizé. Ledit Patriarche y alla, et avec un truchement fit envers lui ce qui estoit de l'office d'un bon Pasteur.

Quant aux Chrétiens, un desdits Sauvages neophytes ci-devant nommé Acoüanis, et maintenant Loth, se trouvant malade, envoya son fils en diligence de plus de vingt lieues loin se recommander aux prieres de l'Eglise : et dire que s'il pourroit il vouloit estre enterré au cimetiere des Chrétiens.

Un jour le sieur de Poutrincourt estant allé à la dépouïlle d'un Cerf tué par Louïs fils ainé de Henri Membertou, comme au retour chacun s'estoit embarqué en sa chaloupe et voguoit sur le large espace de la riviere du Port Royal, avint que la femme dudit Louïs accoucha, et voyans que l'enfant estoit de petite vie, ils crierent hautement à noz gens Tagaria, Tagaria, c'est à dire Venez ça, Venez ça, si bien que l'enfant fut sur l'heure baptizé par le Pasteur susdit.

Cette année il a couru par dela plusieurs maladies de dysenteries, qui ont esté mortelles à ceux qui en estoient attaints. Est avenu que ledit Martin huit jours apres son baptéme est frappé de ce mal, dont il est mort. Mais c'est chose digne de memoire que cet homme mourant avoit toujours le sacré nom de Jesus en la bouche. Et requit en ces extremités d'estre enterré apres la mort avec les Chrétiens. Sur quoy il y eut de la difficulté. Car les Sauvages ayans encore de la reverence aux sepultures de leurs peres et amis, le vouloient porter au Cap de Sable à 40 lieuës dudit Port. Ledit Sieur d'autre part le vouloit fait enterrer selon qu'il l'avoit demandé. Là dessus un debat se prepare. Car lesditz Sauvages prenans en main leurs arcs et fleches, vouloient emporter le corps. Mais ledit Sieur fit armer une douzaine d'arquebuzier, qui l'enleverent sans resistance, apres leur avoir remonstré quelle avoit esté l'intention du decedé, qu'estant Chrétien il falloit qu'il fust enterré avec ses semblables, comme en fin il fut, avec les prieres accoutumées en l'Eglise. Cela fait on leur bailla à tous du pain, et s'en allerent contens.

Mais puis que nous sommes sur le propos des maladies et mortuaires, je ne veux passer souz silence chose que je ne sçavoy pas, et laquelle pour ne l'avoir veu pratiquer, je n'ay point écrite en mon Histoire de la Nouvelle France.

C'est que noz Sauvages voyans une personne languissante de vieillesse ou de maladie maladie par une certaine compassion ils lui avancent ses jours, lui remonstrent qu'il faut qu'il meure pour acquerir un repos, que c'est chose miserable de toujours languir, qu'il ne leur sert plus que de fardeau, et autres choses semblables, par lesquelles ils font resoudre le patient à la mort. Et lors ils ôtent tous les vivres, luy baillent sa belle robbe de Castors, ou d'autres pelleterie, et le mettent comme un homme qui est demi couché sur son lict, lui chantans des louanges de sa vie passée, et de sa constance à la mort : A quoy il s'accorde, et repond comme le Cygne fais sa derniere chanson : Cela fait, chacun le laisse, et l'estime heureux de mourir plustot que de languir. Car ce peuple estant vagabons, et ne pouvant toujours vivre en une place, ils ne peuvent trainer apres eux leurs peres, ou amis, viellars, ou malades. C'est pourquoy ils les traitent ainsi. Se ce sont malades ils leur font premierement des incisions au ventre, desquelles les Pilotois, ou devins sucent le sang. Et en quelque façon que ce soit, s'ils voyent qu'un homme ne se puisse plus trainer, ils le mettent en l'estan que dessus, et lui jettent contre le nombril tant d'eau froide, que la Nature se debilite peu à peu, et meurent ainsi fort resolument et sonstamment.

Ainsi en avoit-on fait à Henri Membertou, qui se trouvait indisposé. Mais il manda au sieur de Poutrincourt qu'il le vinst voir ce jour là, autrement qu'il estoit mort. Au mandement ledit Sieur va trouver Membertou au fond du Port Royal à quatre lieuës loin de son fort, auquel ledit Membertou conte son affaire, disant qu'il n'avoit point encore envie de mourir. Ledit Sieur le console, et le fait enlever de la pour le mener avec lui.

Ce qu'ayant fait, et arrivé audit fort, il lui fait preparer un bon feu, le couche aupres sur un bon lict, le fait frotter, dorlotter et bien penser, lui fait prendre medecine, d'où s'ensuivit qu'au bout de trois jours voila Membertou debout, prest à vivre encore cinquante ans.

On ne peut arracher tout d'un coup les coutumes et façons de faire invetérées d'un peuple quel que ce soit. Les Apôtres ni plusieurs siecles apres eux ne l'ont pas fait, témoins les ceremonies des chandeles de la Chandeleur, les Processions des Rogations, les Feuz de joye de la sainct Jehan Baptiste, l'Eau benite, et plusieurs autres traditions que nous avons en l'Eglise, lesquelles ont esté introduites è bonne fin, pour tourner en bon usage ce que l'on faisoit par abus. Ainsi bien que la famille de Membertou soit Chrétienne, toutefois elle n'avoit esté encore enseignée qu'il n'est pas loisible aux hommes d'abbreger les jours aux vieillars, ou malades, quoy qu'ils pensent bien faire, mais faut attendre la volonté de Dieu et laisser faire son office à la Nature. Et de vérité un Pasteur est excusable qui manque à faire chose dont il n'a connoissance.

Une chose de méme merite avint en la maladie de Martin. Car on lui jeta de l'eau semblablement, pour ne le voir languir : et estant malade comme ledit Patriarche, et un nommé de Montfort lui eussent pris à la chasse et fait manger quelques tourtres, lesquelles il trouva bonnes, il demandoit lors qu'on luy parloit de Paradis, si l'on y en mangeoit : A quoy on lui répondit qu'il y avoit chose meilleure, et qu'il y seroit content. Voila la simplicité d'un peuple plus capable de posseder le royaume des cieux que ceux qui sçavent beaucoup, et font des oeuvres mauvaises.

Car ce qu'on leur propose, ils le croyent et gardent soigneusement, voire reprocher aux notres leurs fautes, quand ils ne prient point Dieu avant et apres le repas : ce qu'a fait plusieurs fois ledit Henri Membertou, lequel assiste volontiers au service divin, et porte toujours le signe de la Croix au devant de sa poitrine. Méme ne se sentant assez capable de former des prieres convenables à Dieu, il prioit le Pasteur de se souvenir de lui, et de tous les freres Sauvages baptizés. Depuis le dernier bapteme duquel nous avons fait mention, il y en a eu plusieurs autres du 14 et 16 d'Aoust, 8 et 9 d'Octobre, 1 de Décembre 1610. Et en somme ledit Pasteur fait estat d'en avoir baptizé sept vingts en un an, ausquels ont esté impozés les noms de plusieurs personnes signalées de pardeça, selon l'affection de ceux qui faisoient l'office de parins, ou marines, lesquels ont baillé des filleuls à ceux et celles qui ensuivent.

ET PREMIEREMENT,

Monsieur le Prince de M. le Prince de Tingry.

Condé. M. de Praslain.

Monsieur le Prince de M. Roger Baron de

Conty. Chaource fils dudit sieur

M. le Comte de Soissons. de Praslain.

M. le Duc de Nevers. M. de Grieu Conseiller au

M. le Duc de Guise. Parlement de Paris.

M. Le Prince de Joinville. M. Megard Chanoine et

M. Servin Advocat general Thresorier de sainct

du Roy audit Parlement. Urbain audit Troyes.

M. de la Gueste Procureur M. Megard Licentié és

general du Roy audit Droicts Chanoine en
Parlement. l'Eglise sainct Estienne
M. le Comte de Tonnerre. audit Troyes.
Messire Jeslé de Fleuchey, M. Fombert Chanoine en
Patriarche de Canada. l'Eglise de Vienne.
M. Belot, dit de Monfort. M. Guiller Chanoine audit
M. de Jouy. Vienne.
M. Bertrand natif de Sesane, M. Bourguignon curé de
presens et assistans sainct Estienne au mont
ausdits baptesmes. à Paris.
M. de Villars Archevesque M. Daviau Vicaire et receveur
de Vienne en Daulphiné. audit S. Estienne.
M. Descars Evesque et Duc M. Rouvre curé de Lantage.
de Langres. M. de Marquemont auditeur
M. de Gondy Evesque de Paris. de Rothes à Rome.
M. Dormy Evesque de Boulogne. M. de Savarre Conseiller
M. de Braslay Evesque de Troyesau Parlement de Paris.
M. l'Abbé de saincte Geneviesve M. Vigor Conseiller au
fils de M. de Beauvais grand Conseil.
Nangis. M. de saint Just.
M. l'Abbé de Clernaux. M. de Lantage-baratier
M. de Vausemain Baron de sieur dudit Lantage.
Chapleine, bailly de Troyes. M. Edme baratier son fils.
Frere Claude de Vauvillier M. de Lantage Montleliart.
Penitencier de Molesme M. de Sainct Simon.
M. Bareron Chanoine grand M. de la Berge.
Archidiacre et official M. Auguste du Boullot,
de Troyes. sieur de l'estain.
M. Dovynet Chanoine et M. Regnard Secretaire de
Promoteur audit Troyes. la chambre du roy, et
M. Fombert Procureur en de Monsieur le procureur
Parlement general.
M. Davant President et M. Simony Sieur de rouelle
Lieutenant general à Advocat à langres.
Troyes. M. Belot Procureur au
M. de Bobus Lieutenant grand Conseil.

Criminel audit Troyes. M. Hardy Receveur des
M. Bazin Procureur du tailles au Mans.
Roy audit lieu. M. Matteau Secretaire du
M. Parmentier Lieutenant sieur Prevost Mores.
de robbe courte audit M. Bajouë Greffier au
Troyes. bailliage de Monfort
M. Jacquinet maistre des Lamaury.
eaux et forest audit M. de Cresse Commis de
Troyes. Monsieur Estienne
M. Megard Lieutenant des Controleur des bastimens
Chirurgiens audit Troyes. du Roy.
M. Martin Lieutenant generalM. du Val Juge et Garde
au Marquisat d'Isle. de la Justice de Lantage.
M. l'Evesque Procureur M. Jamin Greffier audit
audit lieu. lieu.
M. de la Rue Vicaire de M. de la Crause Secretaire
Vitey soubs Bar. de Monsieur de Chastille.
M. Belot Thresorier Jean, Mathieu et Gregoire
extraordinaire des guerres de Fleuchey freres dudit
en Guienne. Patriarche.
M. Belot Commissaire des Pierre Roussel son beau
guerres. frere.
M. Belot Sieur du Pontor. Robert Roy Sergent Royal
Ferry Roussel fils de Gabriel Forestier de la forest
Roussel dudit Lantage de Romilly
Claude Jouguelat.
Quand aux femmes on a donné des filleules à celles qui ensuivent.
Madame la Princesse de Mad. la Duchesse de Nevers.
Condé. Mad. de Guise.
Madame la Princesse de Mad. de Longueville
Conty. Madam. Regnard femme
Mad. la Comtesse de Soissons. dudit sieur Regnard.
Mad. de Praslain mere du Mad. Belot Thresorier.
Sieur de Praslain Mad. de Praslain
Mesdamoiselles Catherine Madame Simony veusve
Blanche et Claude filles de Monsieur Simony

dudit sieur de Praslain. Procureur en Parlement.
Mad. la Comtesse de Tonnerre. Mad. de Beaulieu.
Mad. Anne de la Val Dame Mad. Marguerite Simony.
de Ricey. Mad. Hardy.
Mad. Françoise de Faulch Mad. Belot femme de
femme du sieur Delantage Monsieur Belot Procureur.
Baratier. Mad. Bajouë.
Mad. Charlotte leur fille. Mad. Jeanne des Marets.
Mad. de Grieu. femme du sieur Megard
Mad. de la Berge. Chirurgien à Troyes.
Mad. de Savare. Mad. Ramin mere dudit
Mad. Anne Arlestain femme Patriarche.
du sieur de l'Estain. Barbe de Fleuchey sa soeur.
Mesd. Philippes et CharlotteJeanne Clemence Roussel et
de Arlestain ses Valentine Drouin femmes
soeurs. desdits Fleuchey freres
dudit Patriarche.

Voila ce que j'ai extrait d'un ordre confus des parins et marines, lesquels j'ay voulu coucher icy pour les inviter à faire du bien à ceux qui ont été baptizez soubs leurs noms, dont je veux bien esperer méme de ceux de basse condition.

Que si la conversion de ces peuples ne va par milliers, il faut considerer l'estat du païs qui n'est si frequent en hommes que noz villages de France. On pourroit faire plus grande moisson qui voudroit passer plus outre : mais il faut vouloir ce que l'on peut, et pre Dieu qu'il vueïlle faire le reste, puisque les hommes ont cette entreprise tant à mépris.

EXERCICES

La pieté du sieur de Poutrincourt veut que le premier exercice de la journée en ce païs là soit de prier Dieu, à l'imitation d'Abel, lequel (ce dit Philon) offrit au matin son sacrifice. Ce que ne fit Cain. Et les sages remarquent par la comparaison de Jacob qui receut la premiere benediction d'Isaac, laquelle fut plus forte que celle qui fut donnée à Esaü : que ceux qui prient du matin, recevans la premiere benediction de Dieu, ont aussi plus grande part en ses graces. C'est pourquoy un illustre personnage de notre temps entre ses preceptes moreaux et sentences vrayement dorées, a écrit :

Avec le jour commence ta journee
De l'Eternel le sainct nom benissant :
Le soir aussi ton labeur finissant,
Loue-le encor, et passe ainsi l'annee.

C'est ainsi que ledit Sieur en a fait, ayant exprés mené à ses dépens le susdit Patriarche, lequel je voy par les memoires que j'ay ne s'estre jamais épargné à ce que estoit de sa charge s'estant transporté quelquefois quatre, quelquefois douze lieuës loin pour baptizer des enfans de Sauvages, au mandement qu'ils lui en faisoient, disans qu'ils vouloient estre comme Membertou, c'est à dire Chrétiens. Quelquefois aussi il a conduit sa troupe en procession sur une montagne que est au Nord de leur habitation, sur laquelle y a un roc quarré de toutes parts, de la hauteur d'une table, couvert d'une mousse épesse où je me suis quelquefois couché plaisamment : j'ay appellé ce lieu le mont de la Roque au pourtraict que j'ay fait du Port Royal en mon Histoire, en faveur du mien amy nommé de la Roque Prevost de Mimeu en Picardie, qui desiroit prendre là une terre, et y envoyer des hommes.

Le second exercice c'est de pourvoir aux necessitez de la vie, à quoy il employa ses gens chacun selon sa vacation, estant arrivé à la terre, qui au labourage, qui aux batimens, qui à la forge, qui à faire des ais, etc. Le Patriarche susdit s'empara de mon étude, et de mes parterres et jardinages, où il dit avoir trouvé arrivant là, quantite de raves, naveaux, carottes, panais, pois, fèves, et toutes sortes d'herbes jardinieres bonnes et plantureuses. A quoy s'estant occupé, il y a laissé à son retour (qui fut le 17 de Juin dernier) un beau champ de blé à beaux épics, et bien fleuri.

Plusieurs autres se sont occupés à la terre, comme estant le premier métier et le plus necessaire à la vie de l'homme. Ils en ont (comme je crois) maintenant recuilli les fruicts, hor-mis des arbres fruitiers qu'ils ont plantés, lesquels ne sont si prompts à cela.

Quant aux Sauvages ils ne sçavent que c'est du labourage, et ne s'y peuvent adonner, courageux seulement et penibles à la chasse et à la pécherie. Toutefois les Armouchiquois et autres plus esloignés plantent du blé et des feves, mais ils laissent faire cela aux femmes.

Nos gens outre le labourage et jardinage, avoient l'exercice de la chasse, de la pécherie, et de leurs fortifications. Ils ne manquerent aussi d'exercice à remettre et couvrir les batimens et le moulin delaissez depuis notre retour en l'an 1607. Et d'autant que la fonteine estoit un peu eloignée du Fort, ils firent un pui dans icelui fort, de l'eau duquel ils se sont fort bien trouvez. De sorte que (chose emerveillable) Ils n'ont eu aucunes maladies, quoy qu'il y ait eu beaucoup de sujet d'en avoir par la nécessité qu'ils ont soufferte. Car le Sieur de Sainct Just fils du dit Sieur de Poutrincourt ayant eu mandement de retourner dans quatre mois (comme nous avons dit ci-dessus) on l'attendoit dans la fin de Novembre pour avoir du rafraichissement, et toutefois il n'arriva que le jour de Pentecoste, qui fut le 22 de May ensuivant.

Cela fut cause qu'il fallut retrencher les vivres qu'ils avoient en assez petite quantité. De manger toujours du poisson (s'il n'est bon et ferme) ou des coquillages seuls sans pain, cela est dangereux, et cause la dysenterie, comme nous avons rapporté ci-dessus de quelques Sauvages qui en sont morts, et pouvons en avoir autre temoignage par les gens du Sieur de Monts, qui moururent en nombre de vingt la premiere année qu'ils hivernerent à Kebec, tant pour la nouveauté de la demeure, que pour avoir trop mangé d'anguilles et autres poissons. La chasse aussi ne se trouve pas à foison en un lieu où il faut vivre de cela, et où l'on fait une demeure arrestée. C'est ce qui rend les Sauvages vagabons, et fait qu'ils ne peuvent vivre en une place. Quand ils ont esté six semaines en un lieu il faut changer de demeure. ils prindrent au terroir de Port Royal six Grignaces ou Ellans, cet hiver, dont ils en apportoient un quartier ou moitié aux notres. Mais cela ne va gueres loin à tant de gens. Le jour de Pasques fleuries le fils ainé de Membertou dit Louis, en poursuivoit un, que n'estant venu rendre au Port Royal passoit l'eau, quand la femme dudit Louis vint faire une alarme en criant plusieurs fois, Ech'pada, Ech'pada, c'est à dire, Aux épées, Aux épées. On pensoit que ce fussent quelques ennemis, mais il fut le bien venu. Se Sieur de Poutrincourt se mit dans une chaloupe pour aller au devant, et avec un dogue il le fit tourner en arriere d'où il venoit. Il y avoit de plaisir à le cotoyer si proche de sa ruine. Si-tost qu'il approcha de terre, ledit Louïs le transperça d'une fleche, le Sieur de Jouy luy tira une arquebusade à la téte, mais Ætaudinech dit Paul fils puisné de Membertou lui coupa dextrement une veine au col, que l'atterra du tout.

Ceci donna une curée et consolation stomachale aux notres. Mais cela ne dura pas toujours. Il fallut revenir àl'ordinaire. Et faut penser qu'en ce retranchement de vivres dont nous avons parlé il y eut de grandes affaires pour le chef, car des mutineries et conspirations survindrent, et d'un costé le cuisinier déroboit une partie de la portion des autres, et tel crioit à la faim, qui avoit abondance de pain et de chair dans sa cellule, ainsi que s'est veu par experience. Ceux qui portoient le blé au moulin, de quinze boisseaux n'en rendoient que douze de farine au lieu de dix-huict. Et de la necessité d'autrui ils troquoient avarement des Castors avec les Sauvages. Néantmoins (par trop de bonté) tant de fautes leur furent pardonnées apres visitation faite. Pauvre sots que font des conseils si legers, et ne voyent point ce qu'ils deviendront par apres, et que leur vie ne peut estre asseurée que par un perpetuel exil de leur patrie, et de tout ce qu'ils ont de plus cher au monde.

En cette disette on eut avis que quelques racines que les Sauvages mangent au besoin, lesquelles sont bonnes comme Truffes. Cela fut cause que quelques paresseux se mirent avec les diligens à fouiller la terre, et firent si bien par leurs journées qu'ils en defricherent environ quatre arpens, là où on a semé des segles et legumes. C'est ainsi que Dieu sçait tirer du mal un bine ; il chastie les siens, et neantmoins les soutient de sa main.

Quand l'hiver fut passé, et que la douceur du temps allecha le poisson à rechercher les eaux douces, on dépecha des gens le 14 Avril pour faire la quéte de cela. Il y a nombre infini de ruisseaux au Port Royal, entre lesquels sont trois ou quatre où vient à foison le poisson au renouveau.

L'un apporte l'Eplan en Avril en quantité infinie. L'autre le Haren, l'autre l'Esturgeon et Saumon, etc. Ainsi furent lors deputez quelques uns pour aller voir à la riviere qui est au profond du Port Royal, si l'Eplan estoit venu. Ils y allerent, et leur fit Membertou (qui estoit cabanné là) bonne chere, de chair et de poisson. Delà ils allerent au ruisseau nommé Liesse par le Sieur des Noyers Advocat en Parlement, là où ils trouverent tant de poisson, qu'il fallut envoyer querir du sel pour en faire bonne provision. Ce poisson est fort savoureux et delicat, et ne fait point de mal comme pourroient faire les coquillages : et vient environ l'espace de six semaines en ce ruisseau : lequel temps passé il y a un autre ruisseau audit Port Royal, où vient le Haren, item un autre où vient la Sardine en méme abondance. Mais quant à la riviere dudit Port, que est la riviere de l'Equille, depuis nommée la riviere du Dauphin, au temps susdit elle fournit d'Eturgeons et Saumons à qui veut prendre la peine d'en faire la chasse. Quand le Haren fut venu, les Sauvages (selon leur bon naturel) firent des feuz et fumées en leur quartier, pour en donner avis à nos François. Ce qui ne fut negligé. Et est cette chasse beaucoup plus certaine que celle des bois.

RETOUR EN LA NOUVELLE FRANCE.

IL estoit le 10 de May quand la derniere cuisson de pain faite, on tint conseil de retourner en France si dans le mois n'arrivoit secours. Ce qui fut prest d'estre executé. Mais le jour de la Pentecoste Dieu envoya son esprit consolateur à cette compagnie ja languissante, qui lui survint bien à propos, par l'arrivée du Sieur de Sainct Just, duquel il nous faut dire quelque chose : car ci-devant nous l'avons laissé au port de Dieppe, sans avoir veu ce qu'il a fait depuis. S'estant presenté à la Royne ; elle fut merveilleusement rejouie d'entendre la conversion de plusieurs Sauvages qui avoient esté baptizés avant le depart dudit sieur de Sainct Just, dont je fis un recit public que je presentay à sa Majesté. La dessus les Jesuites se presentent pour aller au secours. La Royne le trouve bon. Elle les recommande, l'eusse desiré qu'avant de partir quelqu'un eust remontré A sa Majesté chose qu'elle n'eust fait que trop volontiers : C'est d'envoyer quelque present de vivres et d'habits à ces Neophytes et nouveaux Chrétiens qui portent les noms du feu Roy, de la Royne Regente, et de Messeigneurs et Dames les enfants de France. Mais chacun regarde à son profit particulier. Ledit sieur de Sainct Just apres son rapport fait, pretendois obtenir quelques defenses pour le commerce des Castors, cuidant que la consideration de la religion lui pourroit faire aisément accorder cela. Ce qu'il ne peut toutefois obtenir. Et voyant que cette affaire tiroit en longueur, et qu'il falloit aller secourir son Pere, ayant mandement de faire en sorte d'estre de retour dans quatre mois, il print congé de la Royne, laquelle luy bailla de compagnie deux Jesuites pour la conversion des peuples Sauvages de delà. Mais puisque le sieur de Poutrincourt avoit pris un homme capable à son partement, il me semble que ceux-ci (qui peuvent estre plus utiles par-deça) se hasterent trop pour le profit dudit Sieur.

Car le retardement écheu à leur occasion lui a prejudicié de beaucoup, et causé la rupture de son association. Et faut en telles affaires fonder la Republique premierement, sans laquelle l'Eglise ne peut estre, ainsi que j'ay desja écrit ci-dessus. J'en avoy dit mon avis audit sieur de Sainct Just, et qu'il falloit asseurer la vie avant toutes choses, faire une cuillette de bledz, avoir des bestiaux, et des volatiles domestics, devant que pouvoir assembler ces peuples. Or ceste precipitation pensa, outre la perte susdite, reduire la troupe qui estoit par dela à une miserable necessité, n'y ayant plus que la cuisson de pain ja faite et distribuée.

Ledit Sieur de Poutrincourt s'estoit associé de deux marchans de Dieppe, lesquels voyans les susdits Jesuites, sçavoir le Pere Biard homme fort sçavant Gascon de nation duquel Monsieur le premier President de Bordeaux m'a fait bon recits ; et le Pere Nemon prest à s'embarquer, s'opposerent à cela, et ne voulurent permettre qu'ils fussent du voyage, disant qu'ils nourriroient volontiers toute une sorte d'hommes, Capucins, Minimes, Cordelier, Recollets, etc. mais quant à ceux-ci qu'ils n'en vouloient point, et ne pouvoient tenir leur bien asseuré en leur compagnie. Que si la Royne vouloit qu'ils y allassent, on leur rendist leur argent, et qu'ils fissent ce que bon leur sembleroit. Là dessus voila un retardement. Il faut écrire en Cour, remontrer à sa Majesté l'occasion de cela, demander de l'argent pour rembourser lesdits Marchans, faire des allées et venuës : cependant la saison se passe. La Royne leur ordonna deux mille escus, outre lesquels ils firent des collectes par les maisons des Princes, Seigneurs, et personnes devotes, d'où ils tirent aussi bon argent.

Bref ils remboursent lesditz Marchans de chacun deux milles livres, et se mettent en fin à la voile le 26 de Janvier 1611. Le temps estoit difficile, la plus rude saison de l'hiver. Ils furent quelque temps en mer pensans combattre le vent, mais ils furent contraints de relacher en Angleterre, là où ils furent jusques au 16 de Février. Et le 19 Avril ils furent sur le grand Banc des Moruës, où il trouverent des Navires de Dieppe et de Sainct Malo. Et le 29 estans entre ledit Banc et l'ile de sable, ils cinglerent l'espace de douze lieuës, parmi des glaces hautes comme montagnes, sur lesquelles ils descendirent pour faire de l'eau douce avec icelles, laquelle se trouva bonne. Au sortir desdites glaces, fut rencontré un Navire du Sieur de Monts, auquel commandoit le Capitaine Champlein, duquel nous attendons le retour, pour entendre quelque nouvelle découverte. Depuis lesdites glaces, ils en rencontrerent d'autres continuellement l'espace de cinquante lieuës, lesquelles ils eurent beaucoup de peines à doubler. Et le cinquiéme de May, ils découvrirent la terre et port de Campseau, duquel on peut voir l'assiette dans grande Table geographique de mon Histoire. Là le dit Pere Biard chanta la Messe. Et depuis ils allerent cotoyans la terre, en sorte que le 21 de May ils mouillerent l'ancre à l'entrée du passage du Port Royal.

Le sieur de Poutrincourt avoit cedit jour fait assembler ses gens pour prier Dieu, et se preparer à la celebration de la féte de Pentecôte. Et comme chacun s'estoit rangé à son devoir, voici environ trois heures apres le coucher une canonade, et une trompette, qui réveille les dormans. On envoye au devant. On trouve que ce sont amis. La dessus allegresse et Rejouïssance, et actions de graces à Dieu en procession sur la montagne que j'ay mentionné ci-dessus.

La premiere demande que fit ledit Sieur à son fils, ce fut de la santé du Roy. Il luy fit réponse qu'il estoit mort. Et interrogé de quelle mort, il lui en fit le recit selon qu'il l'avoit entendu en France. Là dessus chacun se print à pleurer, méme les Sauvages apres avoir entendu ce desastre, dont ils ont fait le dueil fort long temps, ainsi qu'ils eussent fait d'un de leurs plus grands Sagamos.

A peine fut arrivé le dit sieur de Sainct Just, que les Sauvages Etechemins (qui ayment le sieur de Poutrincourt) lui vindrent annoncer qu'il y avoit en leurs cotes trois Navires, tant Maloins que Rochelois, lesquels se vantoient de le devorer ainsi que feroit le Gougou un pauvre Sauvage. Ce qu'entendu par ledit sieur de Poutrincourt, il n'eut la patience de faire descharger la vaisseau nouvellement arrivé ains à l'instant méme alla ancrer au-devant desdits trois Navires, et fit venir tous les Capitaines parler à lui, qui preterent obeïssance, et leur fit ledit sieur renonoitre l'authorité de son fils, comme Vice Admiral esdictes terres du Ponant. Un Navire Maloin voulant faire quelque rebellion, fut prins, mais ledit sieur selon sa debonnaireté accoustumée, le relacha, apres lui avoir remontré de ne plus venir en mer sans sa Charte partie. Là le pere Briard dit la Messe, et fit ce qu'il peut pour ranger un chacun è ce qui estoit du devoir. Et particulierement il fit reconoitre sa faute à un jeune home qui avoit passé l'hiver parmi les hommes et les femmes Sauvages, et receut la Communion de sa main. Cela fait chacun revint au Port Royal en grande rejouïssance.

Le retardement susdit est cause que lesditz navire et autres estans arrivés devant ledit sieur de Sainct Just, ils ont enlevé tout ce qui estoit de bon au païs pour le commerce des Castors et autres pelleteries, lesquelles fussent venuës és marins du Sieur de Poutrincourt si son fils fust retourné par-dela au temps qui lui avoit esté enjoint.

Et davantage one en eust sauvé pour plus de six mille escus que les Sauvages ont mangées durant l'hiver, lesquelles ils fussent venus troquer audit Port Royal s'il y eust eu les choses qui leur sont necessaires. Un faute aussi fut commise avant le partement de Dieppe par l'infidelité du Contre-maistre de navire lequel ayant charge d'entuner (c'est à dire mettre dedans) le blé, le détournoit à son profit. Ce qui ayda à la disette que noz François ont par-dela soufferte. Et neantmoins Dieu les a tellement sustentés, qu'il n'y a eu aucun malade : voire ceux qui en sont de retour se plaignent à cela, et n'y en a pas un qui ne soit en volonté d'y retourner.

EFFET DE LA GRÂCE DE DIEU EN LA NOUVELLE-FRANCE.

Nous pouvons mettre ce qui je viens de dire entre les effects de la grace de Dieu : comme aussi les racines qu'il leur envoya au besoin, dont nous avons parlé, et sur ce l'exercice des paresseux qui ne s'estoient voulu occuper à la terre, lesquels sans y penser en cultiverent un beau champ en cherchant desdites racines. Mais particulierement encore l'exemption de maladies, qui est un miracle tres-evident. Car és voyages precedens il ne s'en est jamais passé un seul sans mortalité, quoy qu'on fust bien à l'aise. Et en cetui-ci non seulement les sains ont esté preservez, mais aussi ceux qui estoient affligez de maladie en France ont la receu guarison. Tesmoin un honnete personnage nommé Bertrand, lequel à Paris estoit journellement tourmenté de la goutte, de laquelle il a esté totalement exempt pardela. Mais depuis qu'il est de retour, le méme mal est retourné avec plus d'effects de douleurs qu'auparavant, quoy qu'il se garde sans aucun exercice.

Mais qui ne recognoistra une speciale grace de Dieu en la personne dudit Sieur de Poutrincourt et les gens, lors qu'il fut porté par un vent de terre à la haute mer en danger d'aller voir la Floride, ou d'estre accablé des ondes, au retour de la conduite de son fils, ainsi que nous avons rapporté ci-dessus.

J'appelle aussi miracle de voir que les pauvres peuples de delà ont conceu telle opinion de la Religion Chrétienne, que si-tost qu'ils sont malades ils demandent estre baptizez, voire encore qu'ils soient sains, ils y vont avec une grande Foy, et disent qu'ils veulent estre semblables à nous recognoissans fort bien leur defaut en cela.

Membertou grand Sagamos exhorte un chacun des Sauvages à se faire Chrétiens. Et tesmoignent tous que depuis qu'il ont receu le baptéme ils ne craignent plus rien, ils vont hardiment de nuict, le diable ne les tourmente plus.

Quand le Sieur de Sainct Just arriva à Campseau, les Sauvages non baptizez s'enfuioient de peur.

Mais les baptizés en nombre d'environ cinquante s'approcherent hardiment disans, Nous sommes tes freres Chrétiens comme toy, et tu nous aymes. C'est pourquoy nous ne fuyons point, et n'avons point de peur : Et porterent ledit Sieur sur leurs bras et épaules jusques en leurs cabannes.

Sur la fin du Printemps les enfans de Membertou estans allés à la chasse, en laquelle ils firent long sejour, avint que ledit Membertou fut pressé de necessité de vivres, et en cette disette il se souvint de ce qu'il avoit autrefois oui dire à noz gens que Dieu qui nourrit les oiseaux du ciel, et les bétes de la terre, ne delaisse jamais ceux qui ont esperance en lui, selon la parolle de notre sauveur.

En cette necessité donc il se met à prier Dieu, ayant envoyé sa fille voir au ruisseau du moulin s'il y auroit point apparence de pouvoir faire pecherie. Il n'eust esté gueres long temps en prieres que voici sadite fille arriver criant à haute vois, Nouchich', Beggin pech'kmok Beggin ëta pech'kmok : c'est à dire : Pere, le haren est venu ; le haren certes est venu. Et vit par effect le soin que Dieu a des siens, à son contentement. Ce qu'il avoit une autrefois eprouvé, ayant eu (ou les siens) à tel besoin la rencontre d'un Ellan, et encore une autrefois une Baleine échouée.

Qui voudra nier que ce ne soit un special soin de la providence de Dieu envers les siens, quand il envoya au Sieur de Poutrincourt le secours désiré le jour de la Pentecoste derniere, duquel nous avons fait mention cy-dessus ?

Je ne veux rememorer ce que j'ay écrit en mon Histoire dela Nouvelle-France, livre 4, chap. 4, de la merveille avenuë au premier voyage du Sieur de Monts en la personne de Maitre Nicolas Aubri Prestre d'une bonne famille de Paris, lequel fut seze jours perdu dans les bois, et au bout dudit temps fut trouvé fort extenué, à la verité, mais encore vivant, et vit encore à present, aymant singulierement les entreprises qui se font pour ce païs là, où le defit le porte plus qu'il ne fit jamais, comme aussi tous autres qui y ont fait voyage, lesquels j'ay presque tous veux desireux d'y hazarder leur fortune, si Dieu leur ouvrait le chemin pour y faire quelque chose. A quoy les grans ne veulent point entendre, et les petits N'ont les ailes assez fortes pour voler jusques là. Neantmoins c'est chose étrange et incroyable de la resolution tant dudit Sieur de Monts, que dudit Sieur de Poutrincourt, le premier desquels a toujours continué depuis dix ans d'envoyer par delà : et le second, nonobstant les difficultez que nous avons récitées ci-dessus, n'a laissé d'y renvoyer nouvellement, attendant ici le renouveau pour aller revoir les gens. Dieu donna à l'un et à l'autre le moyen de faire chose qui reüsisse à la gloire de son nom, et au bien des pauvres peuples que nous appellons Sauvages.

À DIEU SEUL HONNEUR ET GLOIRE.

FIN